Iah & Séti

LES AVENTURIERS DU NIL

Texte : Christine et Madeleine Féret-Fleury.
Illustrations : El Gunto.
Conception graphique : Audrey Thierry.

Hachette Livre, 58, rue Jean-Bleuzen, 92178 Vanves Cedex.

Iah & Séti
LES AVENTURIERS DU NIL
Le secret du papyrus
hachette
JEUNESSE

Jah

Rebelle et indépendante, la fille du gouverneur n'aime rien tant que partir à l'aventure pour désobéir à ses parents et enfreindre toutes les règles possibles ! Malgré ses airs arrogants ou autoritaires, la jeune fille se montre toujours loyale envers ses amis et n'hésite jamais à leur porter secours dans les situations difficiles.

Séti

Séti est à la fois le meilleur ami de Iah et son frère de lait. D'un tempérament plus réfléchi, il passe pour le plus raisonnable des deux, ce qui ne l'empêche pas de prendre part allègrement aux facéties de sa compagne de jeux ! Timide et dévoué, il se révèle très habile de ses mains. Son rêve ? Devenir maître bâtisseur.

Nit

Aussi peu docile que sa maîtresse Iah, Nit mène une vie de pacha au palais. Toutefois le félin ne manque jamais une occasion d'accompagner les enfants dans leurs excursions !

Nour

Contrairement à Iah, la fille du riche marchand d'étoffes adore prendre soin d'elle et porter de belles tenues. Elle n'est peut-être pas la camarade idéale pour affronter le danger, mais elle ne manque pas de cœur quand il s'agit de rendre service à ses amis.

Kaïs

Le fils de la cuisinière du palais est un grand gourmand. D'un optimisme débordant, il est aussi le roi des gaffes, ce qui lui joue souvent des tours !

Nofret

Nofret est la mère de Séti et la nourrice de Iah. Douce et attentionnée, elle veille sur les deux enfants et leur prodigue de précieux conseils.

Ménès

Soucieux du bien-être de ses sujets, le père de Iah est un nomarque qui gouverne son peuple avec bonté. Il adore sa fille et fait souvent preuve d'indulgence envers ses écarts de conduite.

Néférourê

La mère de Iah est aussi belle que froide et méchante. Très soucieuse de son apparence, elle ne supporte pas les tenues négligées de sa fille et elle ne voit pas d'un très bon œil son amitié avec Séti.

Ahmès

Ahmès, le frère de Iah, prend son rôle de futur nomarque très au sérieux. Proche de sa mère, il ne se montre pas toujours tendre envers Séti, ni même envers sa petite sœur !

Ramosé

Avide de pouvoir, le scribe n'a qu'une ambition : être nommé gouverneur à la place de Ménès. Mais les enfants voient clair dans son double jeu, et il ne tardera pas à se rendre compte que Iah et Séti sont de vrais empêcheurs de comploter en rond !

– Iah, arrête de bouder et mange tes lentilles.

Le ton de Nofret, la nourrice, est sévère. Assise en face d'elle, le menton reposant sur ses poings, Iah serre les lèvres. Elle est furieuse et cela se voit.

– Qu'est-ce que tu as fait, cette fois, pour que tes parents te renvoient dans ta chambre ? interroge Nofret plus doucement.

Séti, le fils de la nourrice, se met à rire. C'est le grand ami de Iah, et il la connaît par cœur.

– Je me rappelle, dit-il en mastiquant une grosse bouchée d'anguille frite, qu'un jour tu as glissé un petit serpent noir dans un plat. Il était inoffensif, mais ta mère a poussé des cris terribles ! On l'entendait dans tout le palais.

Nofret ne peut s'empêcher de sourire : les farces de la fille du nomarque sont connues de tous les serviteurs, qui l'adorent. Personne, en revanche, n'aime beaucoup sa mère, Néférourê, dont les grands airs de princesse et les caprices fatiguent tout le monde.

– Et le jour où tu as lâché un bébé chameau dans la salle du banquet ! Ramosé est tombé de sa chaise en renversant sa bière sur sa plus belle tunique…

Le visage de Iah, qui commençait à se détendre, se rembrunit aussitôt.

– Ramosé ! crie-t-elle. Tout est la faute de cet horrible scribe ! Il me déteste !

– Je ne crois pas que Ramosé te déteste, proteste Nofret. C'est un savant. Il essaie de t'instruire…

– Tu parles ! s'écrie la fillette. Il ne s'occupe que de mon frère. Il n'y en a que pour Ahmès, sous prétexte qu'un jour il sera nomarque à son tour ! Et pour mon père et ma mère, c'est pareil : Ahmès est le garçon parfait, et moi, je suis tout juste bonne à jeter aux chiens.

– Tu ne crois pas que tu exagères ? glisse Séti.

– Tes parents t'aiment, ajoute Nofret. Mais ils se font du souci pour toi, à cause de ton caractère emporté. Plus tard, tu auras du mal à trouver un mari si tu…

– Je me moque bien de trouver un mari ! tempête Iah. Je veux courir le monde et vivre des aventures extraordinaires. Dès que je serai assez grande, je me déguiserai en garçon, je sauterai sur un cheval et je me sauverai !

Nofret et son fils échangent un regard : quand Iah est de cette humeur-là, il vaut mieux ne pas discuter avec elle.

– On verra plus tard, déclare Nofret d'un ton apaisant. En attendant, tu n'as pas répondu à ma question : que s'est-il passé ce soir ?

Iah lève les bras vers le plafond sculpté et peint de sa vaste chambre.

– Je te l'ai dit ! C'est la faute du scribe ! Ahmès le flatte sans arrêt, il joue les enfants modèles... Résultat : Ramosé l'adore. Il a même décidé de le récompenser en lui confiant une mission ultra-secrète. À lui, personnellement ! Ce n'est pas juste...

– Quelle mission ? demande son ami.

– Porter un rouleau de papyrus au vizir. Un document confidentiel, paraît-il. Tu te rends compte ? Après Pharaon, c'est le personnage le plus important de l'empire ! Et Ahmès va le rencontrer et lui parler !

– Je vois, dit Séti. Tu es jalouse !

Iah relève fièrement le menton.

– Pas un instant ! C'est juste que…

Elle se tait brusquement et croise les bras sur son torse. Une larme brille au coin de son œil. Inquiète, Nofret pousse devant elle un plateau de gâteaux aux dattes, ses pâtisseries préférées.

– Mange un peu, ma perle précieuse. Le miel adoucit les petits chagrins des enfants. Tu t'es disputée avec Ahmès, c'est cela ?

– Oui, finit par répondre la fillette après avoir pris un gâteau, mais sans y mordre. Il faisait le fier avec son papyrus, il me l'agitait sous le nez ! Je lui ai demandé de le dérouler, qu'on puisse savoir ce qu'il y avait dessus. Moi, je n'accepterais jamais de porter un message si je ne sais pas de quoi il s'agit ! Il m'a dit que je ne comprenais rien à rien parce que je ne suis qu'une fille…

La nourrice s'approche de Iah et la prend dans ses bras.

– Et ensuite, que s'est-il passé ?

– Ma mère est arrivée. Je sautais en l'air pour essayer d'attraper le papyrus, et Ahmès le levait très haut en se moquant de moi. Il criait : « Saute, petite chèvre, saute ! » Alors je lui ai donné un coup de pied…

– Oh, Iah ! proteste la nourrice.

– Et on m'a punie. Je n'ai pas le droit de sortir de ma chambre pendant trois jours, bougonne Iah, dépitée.

Nofret hoche la tête, puis se tourne vers son fils.

– Séti, peux-tu nous laisser seules, s'il te plaît ?

Le garçon ouvre de grands yeux.

– Mais… je n'ai pas fini mon repas !

– Emporte des gâteaux et va les partager avec Kaïs à la cuisine ! Je suis sûre qu'il ne refusera pas un coup de main pour récurer les marmites. Il faut que je parle à Iah… tu comprends ?

Séti soupire. Bien sûr, il comprend. Il y a des choses qu'on ne peut pas dire devant témoins… Sans un mot de plus, il s'éclipse.

Nofret attend un petit moment avant de reprendre la parole.

– Iah, commence-t-elle, tu as presque onze ans…

La fillette hausse les épaules.

– Oui, et alors ?

– Alors tu dois savoir – et je suis sûre que tu le sais – que ton père, le nomarque, prend des décisions difficiles au nom de Pharaon. Et que certaines informations doivent rester secrètes, sinon ses ennemis pourraient les utiliser contre lui. Voilà pourquoi le contenu de ce rouleau de papyrus ne doit être connu que de deux personnes : celui qui l'envoie et celui qui le recevra…

– … et le scribe, grogne Iah. Il sait tout, lui !

– Bien sûr, concède Nofret. Mais c'est son métier. Il écrit les lettres et le récit des événements qui se déroulent dans la province, établit les contrats, aide ton père à collecter les impôts…

et bien d'autres choses encore ! Tu sais que l'écriture est un présent des dieux, et que les scribes récitent toujours une prière à Thot avant de se mettre au travail. Ils sont notre mémoire, c'est une grande responsabilité. Quant à Ahmès, il doit se montrer digne de la confiance de ton père.

S'il t'avait laissée lire ce document, il l'aurait trahie. Il aurait prouvé qu'il n'était pas quelqu'un de fiable. Il a eu raison de refuser. Le comprends-tu ?

Iah prend enfin un minuscule bout de gâteau, le mâche longuement, puis répond d'une petite voix :

– Oui. Je suis désolée, Nofret…

Chapitre 2

Les soupçons de Iah

Le lendemain, à l'aube, Iah sort discrètement par la terrasse qui prolonge sa chambre. Elle a attaché la plus longue de ses ceintures à une colonne, et hop ! il n'y a plus qu'à se laisser glisser… C'est facile ! Elle le fait souvent. Celui qui l'enfermera dans une chambre n'est pas encore né !

Vite, elle traverse les jardins et va se poster sous la fenêtre de la chambre que Séti partage avec Kaïs. Puis elle se met à siffler, imitant le cri de l'engoulevent. C'est leur signal secret : car Séti, Kaïs et Iah ont aussi leurs secrets...

Le tissu qui masque la petite ouverture ne tarde pas à bouger et la tête de Kaïs, tout ébouriffé et les yeux pleins de sommeil, apparaît.

– Iah ? Tu vas bien ? Séti m'a dit que tu étais punie...

– Ah, ça ! Tu sais bien que je m'en moque ! chuchote-t-elle. Mais j'ai besoin de vous parler, à Séti et à toi ! C'est important !

– Mais on m'attend à la cuisine...

– Tu diras que je t'ai envoyé cueillir des grenades pour mon premier repas, comme ça, c'est moi qu'on grondera ! J'ai l'habitude !

Sans attendre la réponse du garçon, la fille du nomarque se met à courir, le dos courbé, jusqu'à un grand sycomore dont les hautes branches et le feuillage touffu offrent un bon abri. Elle sait que ses amis vont la rejoindre ; eux, en tout cas, n'ont jamais trahi sa confiance.

En effet, elle ne tarde pas à entendre de légers bruits de pas. Séti et Kaïs commencent leur escalade. Kaïs arrive le premier : il a beau aimer les gâteaux, il est très agile ! À peine essoufflé, il enfourche une branche et attend l'arrivée de Séti, qu'il accueille par une exclamation moqueuse :

– Tu es en retard ! Tu devrais faire un petit régime, Séti, tu grimperais plus vite !

– Ne dis pas n'importe quoi, rétorque l'autre garçon, qui n'a pas l'air d'humeur à plaisanter. (Kaïs l'a tiré de son lit en lui versant de l'eau sur la tête.) Iah, que se passe-t-il ? Tu n'es jamais dehors si tôt ! Tu t'es encore disputée avec ton frère ?

Iah secoue la tête.

– Non. Je préférerais ça ! Je suis venue vous trouver parce que je suis très inquiète pour lui… et pour notre père.

– Pourquoi ? interroge Kaïs, intrigué.

– Ramosé est un serpent. Ta mère, Séti, m'a fait hier soir un beau discours sur la confiance, mais ce scribe ne m'en inspire aucune ! Je sais qu'il est jaloux de mon père, et je l'ai entendu plusieurs fois contredire ses ordres derrière son dos… Oh, c'était pour de petites choses… mais ça avait l'air de lui faire vraiment plaisir de le contrarier. Et quand il a donné le rouleau de papyrus à Ahmès, hier, j'ai vu son sourire… et son regard. Plein de haine et de joie méchante. Je suis sûre qu'il complote contre lui et que le document que mon frère doit porter au vizir contient une dénonciation, ou pire encore !

– Tu ne peux pas en être sûre, objecte Séti. Que Ramosé jalouse le nomarque est une chose, et je suis d'accord avec toi là-dessus. Ça se voit comme le nez au milieu de la figure ! Mais qu'il cherche à faire chasser ton père par le pharaon ? Il n'a rien à y gagner…

– Si ! s'exclame Iah. Prendre sa place ! Il en a toujours rêvé… Tu sais que les scribes ne dépendent que du vizir ! C'est pour ça que mon père doit le supporter. Il n'a aucun pouvoir sur lui.

Elle a les larmes aux yeux. Séti, gêné, lui tapote l'épaule. Il n'a jamais vu Iah pleurer. Il l'a connue en colère, joyeuse, excitée, parfois un peu triste, mais jamais angoissée.

– Il faut absolument que nous sachions ce qu'il y a dans ce papyrus, s'obstine Iah.

Kaïs se gratte la tête.

– Ça va être difficile, Iah, car ton frère est déjà parti.

La fillette bondit – et manque dégringoler de la branche où elle est assise. Séti la retient de justesse par le bas de sa tunique.

– Déjà parti ! Comment le sais-tu ? crie-t-elle. Tu dormais quand je suis venue vous appeler !

– Tu n'étais pas la première à me réveiller, figure-toi, répond-il. Ahmès et son escorte ont fait un vacarme pas possible. J'avais l'impression que les sabots de leurs chevaux me martelaient le crâne !

– Mais pourquoi ne l'as-tu pas dit plus tôt ?!

– Tu ne me l'as pas demandé, réplique Kaïs avec logique.

– Nous devons les rattraper !

Et Iah commence à descendre de branche en branche à toute vitesse. Kaïs et Séti la rejoignent alors qu'elle vient de toucher terre.

– Attends, Iah ! dit Séti. Tu ne peux pas juste passer la porte de l'enceinte du palais et te précipiter dans le désert. D'abord, je viens avec toi…

– Moi aussi ! clame Kaïs, avant de faire la grimace. Oh non, je ne peux pas. Je suis de corvée aux cuisines aujourd'hui, et si on ne m'y voit pas, je vais me retrouver à mendier ma nourriture devant le temple d'Isis.

Mais il retrouve aussitôt son sourire.

– Je peux vous fournir en provisions de voyage, promet-il.

– Parfait ! approuve Séti. Il nous faudra aussi de l'eau.

– Et une monture, ajoute Iah. Si Ahmès est parti à cheval, nous ne pourrons pas le rattraper à pied.

Séti fronce les sourcils.

– Les palefreniers refuseront de nous donner des chevaux.

Les trois enfants soupirent à l'unisson.

– Nous n'y arriverons jamais, se lamente Iah. Si seulement je m'étais réveillée plus tôt… D'habitude, c'est l'ânesse de ta mère, Séti, qui me tire du sommeil, avec sa manie de braire pour saluer le soleil levant ! Je…

Elle s'interrompt et se frappe le front du doigt.

– Bien sûr ! L'ânesse de Nofret ! La voilà, notre monture ! Allons-y, les garçons ! Nous n'avons plus de temps à perdre…

Le soleil éclaire déjà les plus hautes fenêtres du palais quand les deux enfants se mettent en route sur Temet, l'ânesse de Nofret. Kaïs les a aidés à sortir de l'enceinte : il a détourné l'attention des gardes en leur offrant un plateau de galettes tout juste sorties du four… Il a aussi rangé dans un sac solidement attaché en travers du dos de l'ânesse deux grandes gourdes en peau de chèvre pleines d'eau, des pains plats et des figues séchées.

– Économisez l'eau, recommande-t-il alors qu'ils débouchent dans une ruelle. Je ne voulais pas trop charger Temet, et vous avez un long chemin à faire.

– Nous trouverons de l'eau en route, affirme Séti, optimiste.

Kaïs lève les yeux au ciel.

– Comment peux-tu en être sûr ?

– La route longe le fleuve, et…

– Ahmès et son escorte ont choisi de passer par le désert. Ce sera dur, Séti ! Vous devrez marcher à tour de rôle pour ne pas trop fatiguer votre monture. Ils ont des chevaux, ils iront plus vite que vous…

– Nous y arriverons, déclare Iah, déterminée.

Elle saute sur l'échine de l'ânesse ; Séti, d'un bond, monte derrière elle.

– En route ! crie-t-elle. Merci, Kaïs ! Essaie de cacher notre départ le plus longtemps que tu pourras !

– J'essaierai, oui... marmonne le garçon tandis que ses amis s'éloignent au petit trot.

Le début du voyage est plutôt agréable : il ne fait pas encore trop chaud et l'ânesse va bon train sur le chemin empierré.

– Pourvu que ça dure ! s'écrie Séti. Temet a parfois un caractère épouvantable !

À peine a-t-il fini sa phrase que l'ânesse pile et décoche une violente ruade, envoyant Iah rouler dans la poussière juste devant ses sabots. Séti, lui, se cramponne à l'encolure. Il met aussitôt pied à terre et se précipite vers son amie.

– Iah ! Tu n'es pas blessée ?

– Non, ça va...

La fillette se relève et brosse ses vêtements.

– Quelques égratignures, constate-t-elle en regardant ses bras. Rien de cassé. Mais qu'est-ce qu'il lui a pris ? C'est parce que tu as parlé de son mauvais caractère ? Madame est contrariée ?

– Ce n'est pas pour rien qu'elle s'appelle Temet, grogne Séti, comme la femelle du hérisson ! Mais je ne crois pas qu'elle ait compris ce que j'ai dit. Il y a autre chose...

Temet, à cet instant, lève la tête et pousse un long braiment. Puis elle se secoue comme si quelque chose la gênait.

Méfiants, les deux enfants s'approchent de l'ânesse. Un scorpion se serait-il glissé sous le sac de Kaïs ?

Iah le soulève avec précaution : rien. Mais un miaulement furieux ne tarde pas à les renseigner ! La tête du chat Nit émerge du rabat. C'est lui qui a irrité Temet en plantant ses griffes dans son épaule ! D'un bond souple, le petit chat s'extirpe de sa cachette et vient se frotter contre les jambes de Iah. La fillette se baisse pour le caresser.

– Nit ! Tu as voulu venir avec nous, coquin… Je suis contente que tu sois là, même si je suis tombée à cause de toi !

Séti, lui, affiche un air mécontent.

– C'est ça ! Nous sommes déjà rationnés en eau… et il va falloir partager avec lui, en plus ! Et à quoi peut nous servir un chat pour récupérer le papyrus, je te le demande ?

Iah prend dans ses bras le petit félin qui ronronne.

– Souviens-toi de la pyramide, Séti, quand j'étais enfermée dans la chambre mortuaire avec Kaïs ! dit-elle. Sans Nit, il vous aurait fallu beaucoup plus de temps pour nous retrouver. Si notre chat s'est glissé là, c'est un signe de la déesse Bastet : elle veille sur nous ! Nit se révélera sûrement très utile avant la fin de notre mission secrète !

Cette nuit-là, les quatre compagnons s'arrêtent pour dormir en plein désert. La journée a été très chaude, mais à la tombée de la nuit un vent froid s'est levé. Iah, enveloppée dans

son châle, grelotte. Heureusement, l'ânesse finit par se coucher à l'abri d'un tamaris. Iah et Séti se blottissent contre son ventre bien rond et finissent par s'endormir, avec Nit niché entre eux deux.

– Ça sert déjà à ça, un chat, souffle Iah avant de fermer les yeux. À nous tenir chaud…

Le lendemain, ils repartent très tôt. Ils ont partagé un pain plat et en ont cédé un autre à Temet, qui réclamait bruyamment son petit déjeuner ! Kaïs n'a pas pensé à les munir d'une réserve d'orge et Séti se demande avec angoisse comment l'ânesse va résister à la faim et à la soif… Elle a déjà bu la moitié du contenu d'une gourde, pendant qu'eux se sont contentés de quelques gorgées et que Nit a lapé l'eau dans les mains jointes de Iah. Pour sa nourriture, le chat se débrouille tout seul ! Faute de souris, il a croqué quelques criquets du désert et, juché sur la croupe de Temet, il fait sa toilette d'un air satisfait.

La piste laissée par Ahmès et son escorte est bien visible ; suivre les traces semble facile. Mais, à mesure que le soleil monte dans le ciel, le pas de l'ânesse se fait plus lourd. Elle ralentit, ralentit… et finalement refuse tout à fait d'avancer.

– Je vais lui donner un peu d'eau, dit Séti.

– Nous aussi, nous avons soif ! proteste Iah. J'ai l'impression que ma langue est deux fois plus grosse que d'habitude, et mes lèvres sont sèches.

– Je sais… mais sans Temet, nous ne sortirons jamais de ce désert. C'est elle qui nous porte, elle doit boire.

Il vide la première gourde dans la bouche de l'ânesse, puis décroche du sac la seconde afin de boire un peu.

Catastrophe ! La gourde est percée et son contenu s'est évaporé. Il ne reste plus une goutte…

– Nous sommes perdus, murmure le garçon, désespéré. Nous allons mourir de soif.

Mais Iah ne l'entend pas de cette oreille.

– Nous ne sommes pas encore morts. Avançons. Nous finirons bien par rencontrer une caravane… des voyageurs… Allez, Séti. Tu es courageux : tu ne vas pas renoncer si vite !

Et ils se remettent en marche, tirant derrière eux l'ânesse épuisée. Seul Nit ne semble pas souffrir de la soif et de la chaleur.

Séti serre les dents, les yeux fixés sur l'horizon. Soudain, il voit quelque

chose onduler, loin devant lui. D'un brouillard émergent des silhouettes floues.

– Une caravane ! s'écrie-t-il. Nous sommes sauvés !

Iah cligne des paupières.

– Je ne vois pas… de caravane… dit-elle avec difficulté. Je vois…

Son bras se tend, tremblant.

– Je vois… des palmiers… Il y a un jardin dans le désert… et sûrement un puits… vite ! Il faut courir…

Elle s'élance, mais retombe sur les genoux. Séti, incrédule, voit la caravane s'effacer dans le tremblement de l'air chaud.

Il a déjà entendu parler de ces visions : ce sont des mirages.

Cette fois, pense-t-il avant de s'affaisser lui aussi sur le sol, rien ne peut plus les sauver.

Iah ouvre les yeux avec difficulté. Elle sent quelque chose d'humide sur son visage, puis entend un miaulement plaintif. C'est Nit qui la force à se réveiller en lui léchant le front. La jeune fille se lève en vacillant ; elle a la tête qui tourne et ne reconnaît rien autour d'elle.

– Où sommes-nous ? demande-t-elle à haute voix.

Soudain, tout lui revient : la longue marche dans le désert, la soif, l'oasis qui disparaît juste sous ses yeux avant qu'elle ne s'écroule. Elle se retourne et court vers son ami.

– Séti ! Séti ? Réveille-toi !

Le garçon est inconscient, allongé dans le sable. Temet se tient à côté de lui comme si elle montait la garde. Iah tente de le ranimer, mais rien n'y fait. Rassemblant toutes ses forces, elle le hisse sur le dos de l'ânesse et se remet en route tant bien que mal.

Après de longues et épuisantes minutes, Iah réalise que Nit a disparu. Pauvre petit chat, il s'est perdu ! Mais un miaulement la rassure. Nit les a devancés. Il s'est planté devant un grand cactus et il miaule sans discontinuer.

– Nit, ce n'est pas le moment de faire des caprices ! s'énerve Iah.

En s'approchant du cactus pour attraper le chat, elle aperçoit sur la plante de petites boules rouges brillantes. Des figues ! Iah savait bien que Nit les sauverait. La jeune fille croque dans un fruit gorgé d'eau : elle se sent déjà mieux. Elle nourrit Séti tout doucement jusqu'à ce qu'il se réveille, et donne quelques figues à Temet qui semble aussi revigorée. Les enfants ne sont pas encore sortis d'affaire, mais ils devraient parvenir à rejoindre le Nil et surtout Ahmès…

Le soleil est presque couché lorsque Iah et Séti s'arrêtent sur la rive du Nil. Iah remplit la gourde intacte et cueille des caroubes pendant que Séti conduit Temet au bord de l'eau pour lui permettre de s'abreuver et de brouter l'herbe verte. L'ânesse semble avoir oublié l'épisode du désert, tout comme Nit qui bondit et joue avec les grenouilles qui fuient entre les papyrus. Séti rit et profite de la fraîcheur de l'eau qui vient lui chatouiller les pieds.

Soudain, il aperçoit au loin la vive lumière d'un feu : un campement !

Séti s'approche, suivi de Temet qui continue de brouter et qui, par chance, ne fait pas attention aux chevaux rassemblés à l'écart du feu. Le garçon et l'ânesse avancent entre les papyrus et les herbes folles qui les dissimulent aux regards. Séti entend une voix hautaine, reconnaissable entre mille : celle d'Ahmès. Enfin, ils l'ont rattrapé. Vite ! Il faut prévenir Iah ! Sans faire de bruit, il retourne sur ses pas…

Iah et Séti attendent que la lune soit haute pour s'introduire dans le campement. Le grand feu de camp n'est plus qu'un tas de braises. Ils auraient préféré laisser Nit avec Temet, mais un chat est un chat ! Il les suit à petits pas, puis bondit sur l'épaule de Iah. Cette fois, Séti n'essaie même pas de protester : sans Nit, ils auraient certainement péri dans le désert.

Le cavalier de garde s'est endormi en faisant le guet. Seul son ronflement sonore vient troubler le silence de la nuit. Les enfants passent sous son nez et pénètrent dans la tente d'Ahmès. Iah ne peut retenir un petit soupir d'exaspération en constatant dans quel luxe son frère voyage. Après tout ce qu'ils viennent d'endurer, elle aimerait bien dormir sur une couche confortable, elle aussi !

– Où a-t-il pu cacher le papyrus ? chuchote Séti.

Iah hausse les épaules.

– Il va falloir fouiller la tente. Heureusement pour nous, Ahmès est un sacré dormeur, il ne se réveillerait même pas si le souk s'installait sous ses fenêtres. Mais faisons vite : nous ne savons pas combien de temps nous avons avant la relève de la garde.

Elle inspecte rapidement les vêtements de son frère.

– Il est là !

Le papyrus est accroché à la ceinture d'Ahmès. Le fils du nomarque semble prendre sa mission très au sérieux… Qu'il est agaçant à jouer les premiers de la classe ! pense sa sœur. Elle avance une main… que Séti retient.

– Laisse-moi faire, dit-il.

Iah proteste mais elle finit tout de même par laisser la place à son ami. Il n'a pas tort : la jeune fille a beau être agile comme un singe, elle n'a jamais été très adroite.

Séti retire le précieux rouleau de la petite boîte fixée à la ceinture d'Ahmès. Celui-ci remue dans son sommeil et gémit, mais sans se réveiller. Triomphant, Séti montre le papyrus à Iah.

– Qu'attends-tu ? s'impatiente-t-elle. Ouvre-le !

Malgré l'obscurité qui rend la lecture difficile, il ne faut pas très longtemps à Iah pour comprendre le danger que ce document représente pour Ménès.

– C'est encore pire que ce que je croyais ! s'exclame Iah. Ah, Ramosé, tu es plus venimeux qu'un scorpion !

– Je ne comprends pas, dit Séti. Il s'agit simplement de décrets de ton père : la grâce d'un prisonnier, l'allègement de certaines taxes… Quelle importance cela peut-il avoir ?

– Je connais les lois, réplique Iah, et j'entends souvent mon père les discuter. Ces décisions, mon père les a prises sans l'accord de Pharaon, pour ne pas être injuste envers la population. Il a voulu faire ce qu'il pensait être bien et le vieux scribe veut utiliser son indulgence contre lui. Si le vizir voit ce papyrus, mon père est perdu !

La jeune fille s'interrompt et pose un doigt sur sa bouche.

– Je crois que les gardes approchent. Il faut filer sans attendre…

En effet, à peine la fillette a-t-elle prononcé ces mots qu'un garde pénètre dans la tente. Cette irruption réveille Ahmès qui pousse un cri de surprise et se redresse brusquement, empêtré dans sa couverture. Nit se met alors à cracher et griffe les jambes du garde qui rugit de douleur.

Il n'y a plus un instant à perdre ! Séti attrape la main de son amie et les deux enfants se faufilent hors de la tente.

– Des voleurs ! Attrapez-les ! hurle le garde à l'attention des deux autres sentinelles.

Iah et Séti courent à toute vitesse, les gardes d'Ahmès sur leurs talons. Ils doivent absolument rejoindre la rive du Nil, un endroit idéal pour disparaître dans les herbes hautes ! Mais avant de les atteindre, Iah trébuche et tombe dans le sable. En se relevant, elle réalise qu'elle a lâché, dans sa fuite, le papyrus de Ramosé. Elle se met à le chercher à tâtons autour d'elle... mais les gardes approchent dangereusement !

– Vite, Iah ! Nous n'avons pas le temps ! crie Séti.

Cachés dans les fourrés, à plat ventre, les deux enfants observent les gardes. Au bout de quelques minutes, ceux-ci retrouvent le papyrus dans le sable. Malheur ! Iah est désespérée. Nit a beau venir se blottir contre elle, rien ne peut la consoler.

– C'était notre dernière chance, souffle-t-elle. Que faire, maintenant ?

Iah et Séti arrivent au petit matin à Pi-Ramsès, la capitale. Ils n'ont plus le choix : il faut retrouver Ahmès et lui faire entendre raison en lui révélant le contenu du papyrus – quitte à être punis jusqu'à la fin de leurs jours.

Lorsqu'ils passent les portes de la ville, le silence du désert fait soudain place à la cacophonie assourdissante des rues. Les cris des marchands se mêlent aux aboiements des chiens et au vacarme des chantiers de construction. Effrayé, Nit vient se glisser sous la tunique de Iah. Séti caresse Temet qui ne semble pas non plus très rassurée.

Par où commencer ? Les enfants ne savent même pas où se trouve le palais du vizir et avancent un peu au hasard dans les rues. Avec son plus beau sourire, Iah se dirige alors vers un marchand d'épices pour lui demander des renseignements. Mais celui-ci ne lui prête aucune attention et continue à interpeller les passants. Alors que Iah s'apprête à repartir, dépitée, le marchand se met à hurler :

– Encore toi ! Cette fois, je vais t'enfermer avec les chiens, par Osiris ! C'est tout ce que tu mérites, petite voleuse !

Le marchand serre le poignet d'une fillette apeurée. Elle doit avoir six ou sept ans et porte de vieux vêtements rapiécés. Le marchand la traîne vers la cage en bois où deux chiens sont enfermés. Indignée par cette brutalité, Iah attrape une poignée d'herbes séchées dans une corbeille et les jette

au visage du marchand. Aveuglé, l'homme lâche l'enfant, qui s'enfuit aussitôt, suivie de près par Iah et Séti, toujours accompagnés de Temet. Nit a retrouvé son abri dans le sac.

Un peu plus loin, dans une ruelle, les enfants s'arrêtent pour reprendre leur souffle. Quelle course !

– Merci, dit la petite fille d'une voix mal assurée.

– Ce n'est rien, répond Iah. Mais tu devrais faire plus attention, ce marchand n'a pas l'air commode.

– Je sais, mais j'avais faim.

Séti sort quelques fruits du sac – leurs dernières provisions – et les offre à la petite.

– Je suis Séti, et voici Iah.

– Moi, c'est Chédi, répond la fillette en mordant dans un fruit séché. D'où venez-vous ? Vous n'êtes pas d'ici, ça se voit.

Un peu vexée, Iah reprend cet air de princesse qui a le don d'agacer Séti.

– Nous arrivons de Tanis où mon père est nomarque. Il nous a chargés d'une mission très importante et nous devons nous rendre au palais du vizir.

– Que faisiez-vous au milieu du souk, alors ?

Séti glousse devant la mine déconfite de Iah.

– Nous nous sommes perdus, avoue celle-ci.

Chédi étouffe un petit rire moqueur.

– Je peux vous guider, si vous voulez, propose-t-elle.

Les deux compagnons acceptent avec reconnaissance. Ahmès ne doit surtout pas rencontrer le vizir avant qu'ils aient pu lui parler !

Ils rattrapent Ahmès alors que celui-ci descend les marches du palais. Le garçon est surpris de voir sa petite sœur, échevelée et couverte de poussière, se jeter sur lui.

– Ahmès, ne donne pas le papyrus au vizir, c'est un piège de Ramosé ! halète Iah.

– Mais qu'est-ce que tu racontes ? J'en ai assez de ta jalousie ! Quand père va apprendre que tu m'as suivi…

– Écoute-la, c'est important, lui conseille Séti. Elle dit vrai.

Ahmès croise les bras sur sa poitrine. Son regard est hostile.

– Bon. Je t'écoute.

Iah se lance dans le récit du périple que Séti et elle ont entrepris pour le retrouver.

– C'était vous, les voleurs ! s'exclame Ahmès. J'aurais dû m'en douter… Tu es vraiment incorrigible !

– Ce n'est pas important ! le coupe Iah. Nous avons lu le papyrus. Il contient la preuve que père a désobéi aux ordres de Pharaon plusieurs fois. S'il parvient au vizir, tu sais ce qui arrivera.

Ahmès pâlit.

– Tu en es certaine ? C'est une catastrophe, j'ai déjà remis le papyrus au scribe du vizir !

Iah et Séti, découragés, se laissent tomber sur les marches du palais. Leurs efforts n'ont servi à rien. Une petite voix les tire de leurs sombres pensées.

– Je sais comment entrer dans le palais.

Les trois enfants tournent la tête vers Chédi, qui n'a rien perdu de leur conversation. Le visage d'Ahmès s'éclaire.

– Elle a raison, dit-il. Si le scribe n'a pas encore lu le message, il nous reste une chance !

Iah regarde son grand frère avec des yeux ronds.

– Toi, tu serais prêt à voler le papyrus ? s'étonne-t-elle.

– Pour sauver notre famille, bien sûr. Et puis, ajoute-t-il avec un sourire, je ne vais quand même pas laisser ma petite sœur récolter tous les lauriers !

Un peu plus tard, quatre ombres se glissent dans les écuries du vizir et traversent la cour. On entend au loin un braiment sonore. Séti sursaute. Ils ont laissé Temet attachée hors du palais. Pourvu qu'elle ne fasse pas une scène, cette tête de mule ! Ou plutôt d'ânesse !

Ils descendent un escalier, et les voilà dans les cuisines. Chédi est décidément pleine de ressources !

– On m'embauche souvent pour donner un coup de main, explique-t-elle. À force, je connais tout le monde. Parfois les aides-cuisiniers me donnent même les restes des repas du vizir.

Iah est très impressionnée par cette petite fille qui parvient à se débrouiller seule. Chédi s'arrête et désigne une grande porte de bois.

– Voici les appartements du scribe.

Iah et Séti s'approchent, suivis d'Ahmès qui semble moins assuré. Ils jettent un œil par l'entrebâillement de la porte. Le vieux scribe est à sa table, entouré de dizaines de papyrus

empilés qui forment une sorte de petit mur. Le papyrus de Ramosé est reconnaissable par l'étui qu'Ahmès portait à la ceinture. Mais comment faire pour le subtiliser ?

Les quatre compagnons se concertent.

– Est-ce que le scribe quitte souvent ses appartements ? demande Iah.

– On l'a déjà vu rester penché sur ses vieux papyrus durant des jours, répond Chédi. Les serviteurs lui apportent de l'eau et de la nourriture régulièrement pour s'assurer qu'il ne se dessèche pas à force de lire.

– Voilà une idée ! s'écrie Ahmès. Chédi, puisque tu connais bien les gens qui travaillent aux cuisines, demande-leur de faire préparer une collation pour le vieux scribe…

Iah entre dans le bureau du scribe, portant de l'eau, des dattes et des petits pains fourrés. Elle baisse la tête, espérant ne pas se faire remarquer. Passant devant son frère et Séti, prêts à entrer discrètement à sa suite, elle en profite pour tirer la langue à Ahmès. « Envoyons Iah pour jouer la servante, a-t-il dit. Le scribe ne la connaît pas et, avec ses habits de souillon, il ne soupçonnera pas une supercherie. »

Cet Ahmès… il ne rate jamais une occasion d'accabler sa sœur !

– Votre collation, murmure Iah, intimidée.

Le scribe s'aperçoit à peine de sa présence. D'un geste, il désigne le bout de la table. Iah s'avance, fait mine de trébucher et renverse l'eau sur les papyrus soigneusement rangés.

– Petite sotte ! hurle le scribe qui s'anime soudain.

Iah s'accroupit et, exagérant sa maladresse, commence à ramasser les précieux documents. Le scribe se lève et tente de la chasser. Pendant ce temps, Séti et Ahmès s'approchent du bureau à pas de loup et s'emparent du papyrus : le scribe l'a retiré de l'étui, mais il ne semble pas l'avoir déroulé. C'était moins une ! D'un signe, Séti informe Iah de leur réussite. Les deux garçons s'enfuient. Il n'en faut pas plus à Iah, qui laisse là son plateau et les ustensiles éparpillés, pour partir en courant sous une pluie d'injures. Un peu plus loin, une torche allumée, fixée au mur par un anneau de fer, leur permet de réduire en cendres le document compromettant : mission accomplie !

C'est alors qu'une voix glaciale retentit à leurs oreilles.

– Que faites-vous ici ?

Le vizir est furieux de trouver une bande d'enfants errant dans les couloirs de son palais. Iah reçoit un fameux sermon : une fille de nomarque, voyager ainsi, vêtue d'une tunique sale et déchirée, escortée par une gamine qui ressemble à une mendiante des bas quartiers ! Décidément, estime le vizir, les jeunes ne respectent plus rien. Il en parlera à Pharaon !

Sans même écouter les explications d'Ahmès, il leur ordonne de repartir sur-le-champ. Par chance, il n'a pas encore entendu parler du fameux papyrus !

Après avoir remercié Chédi avec chaleur, Iah, Séti et Ahmès prennent le chemin du retour. Ils ont proposé à la petite fille de les accompagner, mais elle a refusé : elle aime sa vie en ville et ses amis des cuisines.

Quand enfin le petit groupe rejoint l'abri du palais de Ménès, Néféfourê est outrée : le vizir a dû penser qu'elle éduquait bien mal ses enfants…

– Regarde-toi ! tempête-t-elle à présent. Tu as de la boue dans les cheveux, les bras et la figure égratignés... Tu fais honte à ta famille ! Et toi, Ahmès, qu'as-tu fait de ton sens des responsabilités ? Est-ce ainsi que tu te prépares à tes fonctions futures ? Quelle idée d'emmener ta sœur et Séti sans nous prévenir, alors que tous les serviteurs du palais sont à ta disposition ! Tu as perdu la tête ?

Iah, Ahmès et Séti baissent la tête sous l'orage. Ils n'ont même pas le temps de se laver, ni de manger : Néférourê les traîne immédiatement devant le nomarque et exige une punition exemplaire. Il est temps de discipliner tout ce petit monde !

Ménès, pour l'instant, se tait : il préfère laisser Néférourê exprimer

sa colère. Comme le vent du désert, elle se déchaîne vite et se calme aussi subitement qu'elle a commencé. Et puis, il sait qu'au fond son épouse était inquiète. Même si ce n'est pas la première fois que Iah et Séti disparaissent sans avertir personne !

Enfin, Néférourê reprend son souffle, et Ahmès en profite pour intervenir.

– Ne grondez pas Iah, supplie-t-il. C'est ma faute. J'ai pensé que ce voyage la distrairait, elle s'ennuie dans les appartements des femmes et vous savez bien qu'elle n'aime ni tisser ni jouer de la harpe !

Ébahie, Iah fixe son grand frère. Elle s'attendait plutôt à ce qu'il dénonce sa fuite, et voilà qu'il prend sa défense ! Se serait-elle trompée sur son compte ? Peut-être a-t-il un peu d'affection pour elle, après tout…

Et, comme elle ne veut pas qu'il soit puni à sa place, elle parle à son tour.

– Non, Ahmès ! Je te suis reconnaissante, mais j'ai pris toute seule la décision de te suivre, et j'ai forcé Séti à m'accompagner. Je voulais…

Du coin de l'œil, elle voit Ramosé, assis bien droit à côté de son père, pâlir.

– … je m'ennuyais, rectifie-t-elle. Sur ce point, mon frère a raison. J'ai besoin d'action !

Elle dénoncerait bien le complot tramé par le scribe, mais elle n'a aucune preuve ; ses parents ne la croiraient pas. Surtout après cette équipée !

– Je vous demande pardon, dit-elle encore en affichant un air contrit, et je vous promets de me montrer plus raisonnable.

Ménès dissimule un sourire. Il ne croit pas vraiment au repentir de Iah, mais se réjouit que ses deux enfants aient enfin trouvé le moyen de s'entendre. Leurs disputes incessantes commençaient à le fatiguer !

– Bien, dit-il. Je te félicite, Ahmès, pour ta générosité, Séti, pour ta fidélité, et toi, Iah, pour ta franchise. Retournez dans vos chambres : je vais réfléchir, et je vous dirai demain quelle sera votre punition.

Les trois enfants s'inclinent devant le nomarque et son épouse avant de se diriger vers la porte. Les choses ont l'air de s'arranger plutôt bien pour eux… Pourtant, Iah est soucieuse. Ramosé, après cet échec, se tiendra-t-il tranquille, ou cherchera-t-il de nouveau à faire renvoyer son père ?

Ahmès a dû lire dans ses pensées, car sitôt la porte de la grande salle refermée, il se penche vers elle et chuchote :

– Ne crains rien, petite sœur : nous allons le tenir à l'œil, cet hypocrite.

– Et nous serons trois pour le faire, maintenant ! se réjouit Séti.

– Ou plutôt quatre ! corrige Kaïs qui, caché sur la terrasse, a tout entendu et vient de les rejoindre avec Nit dans les bras.

– Cinq avec Nit, conclut Iah en grattant le petit chat derrière les oreilles. Et n'oublions pas Temet, notre vaillante ânesse ! Ni notre amie Nour, même si elle n'est pas encore au courant ! À sept, nous sommes capables de tenir tête à n'importe qui !

FIN

Retrouve très prochainement
une nouvelle aventure
de Iah et de Séti !

As-tu lu les premiers tomes ?

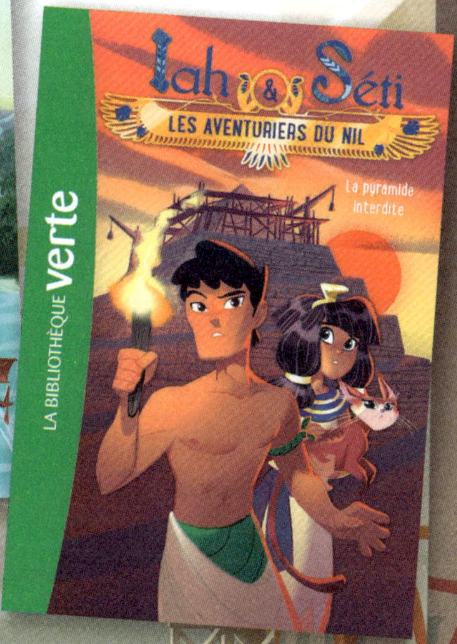

Table

hachette s'engage pour l'environnement en réduisant l'empreinte carbone de ses livres. Celle de cet exemplaire est de :
450g éq. CO_2
Rendez-vous sur www.hachette-durable.fr

PAPIER À BASE DE FIBRES CERTIFIÉES

Photogravure Nord Compo - Villeneuve-d'Ascq

Imprimé en Roumanie par G. Canale & C. S.A.
Dépôt légal : février 2019
Achevé d'imprimer : janvier 2019
74.1424.4/01 – ISBN 978-2-01-118303-3
Loi n° 49956 du 16 juillet 1949
sur les publications destinées à la jeunesse